9 Mars

VENTE

Des Vendredi 9 et Samedi 10 Mars 1883

HOTEL DROUOT, SALLE N° 6

A 2 HEURES

COLLECTION DE M. DES M***

(PREMIÈRE PARTIE)

PORCELAINES ANCIENNES

DE LA CHINE

BRONZES — MEUBLES

EXPOSITION :

Le Jeudi 8 Mars 1883, de 1 heure à 5 heures.

Mᵉ Paul CHEVALLIER
Succʳ de **Mᵉ Ch. PILLET**
COMMISSAIRE-PRISEUR
10, rue de la Grange-Batelière.

M. Charles MANNHEIM
EXPERT
7, rue Saint-Georges.
Paris.

HOMO
ADDITUS
NATURÆ
IMPRIMERIE DE L'ART

CATALOGUE

DES

PORCELAINES ANCIENNES

DE LA CHINE

VASES — GRAND NOMBRE DE TASSES

SOUCOUPES ET ASSIETTES EN PORCELAINE MINCE

Bronzes — Meubles anciens

COMPOSANT

LA COLLECTION DE M. DES M***

ET DONT LA VENTE AURA LIEU

HOTEL DROUOT, SALLE N° 6

Les Vendredi 9 et Samedi 10 Mars 1883

A DEUX HEURES

COMMISSAIRE-PRISEUR

Me PAUL CHEVALLIER, Succr de Me CH. PILLET

10, rue de la Grange-Batelière, 10

EXPERT

M. CH. MANNHEIM, 7, rue Saint-Georges

Chez lesquels se trouve le Catalogue.

EXPOSITION PUBLIQUE : le Jeudi 8 Mars 1883

De une heure à cinq heures.

CONDITIONS DE LA VENTE

Elle sera faite au comptant.

Les adjudicataires payeront *cinq pour cent* en sus des enchères.

L'exposition mettant le public à même de se rendre compte de l'état des objets, il ne sera admis aucune réclamation une fois l'adjudication prononcée.

Paris. — IMPRIMERIE DE L'ART, J. ROUAM, 41, rue de la Victoire.

DÉSIGNATION DES OBJETS

CABARETS, TASSES & SOUCOUPES

EN ANCIENNE PORCELAINE DE LA CHINE

1 — Deux tasses droites et évasées, à huit pans, avec leurs soucoupes en ancienne porcelaine de Chine émaillée en couleurs à vases de fleurs, alternés de quatre bandes verticales émaillées vert sur fond noir.

2 — Quatre tasses à une anse, émaillées en vert et rose sur fond noir à réserves décorées de coqs.

3 — Deux tasses sans anse et trois soucoupes, à réserves de fleurs sur fond émaillé vert et noir.

4 — Trois tasses et deux soucoupes de décor analogue; celles-ci sont bordées de rose.

5 — Trois tasses de même forme et trois soucoupes à décor rayonnant à fleurs, en émaux noirs, verts et roses.

6 — Deux pièces : petite assiette octogone émaillée à fond noir, décorée d'un pêcher en fleurs, et une soucoupe octogone à décor rayonnant, avec papillon au centre et bordé de rose.

7 — Cinq tasses et trois soucoupes en porcelaine mince, à médaillons de fleurs émaillés en couleurs et réservés sur fond d'or imbriqué.

8 — Cabaret composé de : une théière, un pot à crème, un flacon à thé, quatre tasses à anse, trois soucoupes et un plateau hexagone, de décor analogue.

9 — Deux petites tasses et trois soucoupes en porcelaine mince, à réserves de coqs et de fleurs sur fond doré quadrillé, bordé de rose.

10 — Huit tasses sans anse et sept soucoupes en porcelaine mince, à médaillons de fleurs émaillées en couleurs sur fond doré imbriqué.

11 — Deux tasses de même forme et leurs soucoupes de décor analogue, avec bordure rose et corbeille de fleurs au centre.

12 — Trois soucoupes et une tasse ronde en porcelaine mince, et une tasse à anse, à médaillons de fleurs et papillons sur fond d'or imbriqué.

13 — Deux petites tasses coniques et quatre soucoupes en porcelaine mince de la famille rose, à décor d'éventails rehaussé d'or.

14 — Cinq petites tasses coniques et cinq soucoupes en porcelaine mince, émaillées rose quadrillé, avec bordures de cartouches en jaune et vert.

15 — Quatre petites tasses coniques et trois soucoupes en porcelaine mince à fond rose imbriqué, avec réserves en forme de feuilles à fleurs et oiseaux en couleurs. Au centre, deux figures.

16 — Cabaret composé de : une théière, un flacon à thé, un pot à crème, deux tasses et quatre soucoupes en porcelaine mince, à médaillons de fleurs émaillés en couleurs et réservés sur fond quadrillé d'or, bordé de deux cordons en noir et or.

17 — Neuf tasses et deux soucoupes en porcelaine mince, à feuilles décorées de fleurs en émaux de la famille rose, et réservées sur un fond imbriqué orné d'arbustes en noir et de fleurs de pêcher.

18 — Cabaret composé de deux théières, deux bols, deux pots à crème, deux boîtes à thé, deux plateaux carrés, deux autres oblongs, douze tasses et douze soucoupes en porcelaine mince, et six tasses à anse, décorés de branches de pêcher avec chrysanthème au centre en émaux de la famille rose.

19 — Trois tasses et quatre soucoupes en porcelaine mince, décor de la famille rose à réserves de feuilles ornées de fleurs.

20 — Cinq tasses et cinq soucoupes en porcelaine mince, décor en émaux roses et verts, à cartouches de chrysanthèmes bordés de rose.

21 — Une théière, quatre tasses et leurs soucoupes en porcelaine mince de décor analogue, avec corbeille de fleurs au centre.

22 — Cinq tasses à anse, quatre tasses coniques, et onze soucoupes de même décor.

23 — Une théière, quatre soucoupes en porcelaine mince, et deux tasses à chrysanthème et fleurs de pêcher émaillées en couleurs, bordure rose.

24 — Une théière, quatre tasses et deux soucoupes de deux grandeurs et dessins, en porcelaine mince à décor de perroquets émaillés vert et rehaussé d'or.

25 — Tasse et deux soucoupes, décor en émaux de la famille verte, à arbustes, fleurs, poissons et papillons dans des compartiments quadrillés.

26 — Quatre tasses droites à pans et trois soucoupes à compartiments de fleurs en émaux de la famille rose.

27 — Tasse sans anse et sa soucoupe en porcelaine mince, émaillée vert et rose à trois réserves de fleurs.

28 — Trois tasses et soucoupes de forme hexagonale, décor de fleurs en émaux de couleurs.

29 — Tasse et son présentoir, décor en émaux de la famille verte rehaussé d'or.

30 — Trois tasses à côtes et soucoupes à bord festonné et lobé, décor en émaux de la famille rose, à fleurs de pêcher et chrysanthèmes sur fonds de nuances variées.

31 — Une soucoupe et une tasse en porcelaine mince à décor d'arbustes, de fleurs et d'oiseaux, avec bordure rehaussée d'or.

32-33 — Une théière, dix-huit pièces tasses et soucoupes de forme octogonale, à ornements variés en émaux de la famille rose, de quatre dessins différents.

34 — Deux tasses et soucoupes en porcelaine mince à riche décor rehaussé d'or, de trois zones en rose, vert et jaune, avec quatre réserves de fleurs entourées de bleu.

35 — Trois tasses et soucoupes en porcelaine mince à réserves de fleurs sur fond caillouté, alternées de lambrequins bleu clair, avec vase et attributs au centre, en émaux de la famille rose.

36 — Tasse et soucoupe en porcelaine mince à fond rose caillouté, à deux réserves ornées d'un faisan sur rocher fleuri.

37 — Quatre tasses et soucoupes, décor rayonnant de cartouches de fleurs à fonds alternés bleu et vert pâle.

38 — Deux soucoupes et une tasse en porcelaine mince, fond doré à fleurettes symétriques avec trois réserves de fleurs émaillées rose et vert.

39 — Deux petites tasses et soucoupes en porcelaine mince, fond rouge uni à médaillons ronds symétriques, à chimères et attributs émaillés en couleurs.

40 — Deux grandes tasses sans anse avec leurs soucoupes en porcelaine mince émaillée, décorées de deux personnages dans un paysage.

41 — Quatre petites soucoupes et deux petites tasses coniques à fond bleu de roi rehaussé d'or, et trois réserves de fleurs émaillées.

42 — Deux tasses avec soucoupes en porcelaine mince à réserve, représentant un homme gardant un bœuf, sur fond doré à fleurs en grisaille, bordure quadrillée sur fond vert pâle.

*

43 — Cabaret composé de : une théière, un pot à crème, un vase à thé, deux petits plateaux, dix tasses et douze soucoupes en porcelaine mince, décorées de deux oiseaux sur un rocher, et d'arbustes en noir, rouge et or.

44 — Trois tasses et soucoupes en porcelaine mince émaillée à spirales en bleu, avec trois réserves de paysages en grisaille.

45 — Deux tasses et soucoupes à décor rayonnant à figures de femmes et quadrillages en noir rehaussé d'or.

46 — Quatre tasses et une soucoupe fond rouge de fer rehaussé d'or à trois réserves.

47 — Deux tasses et soucoupes décorées de rosaces dans des feuillages, émaillées vert, rouge et jaune. Avec marque.

48 — Deux tasses avec soucoupes décorées de larges feuilles contournées, émaillées rose.

49 — Deux tasses et soucoupes à bord festonné, décor rayonnant en rouge de fer quadrillé d'or à sujets de fleurs et figures, et une

tasse avec soucoupe côtelées, de décor analogue.

50 — Grande tasse à anse avec soucoupe, décor en émaux de la famille rose à fleurs avec bordure de lambrequins feuillagés à fond caillouté.

51 — Quatre tasses et deux soucoupes en porcelaine mince, décor rouge de fer à réserves de fleurettes et figures.

52 — Deux tasses et soucoupes porcelaine mince, décorées de buffles et d'arbustes en or et rouge.

53 — Une théière, sept tasses et cinq soucoupes à décor de fleurs, fruits, feuillages et poissons en rouge de fer et vert clair, rehaussé d'or. Avec marque.

54 — Dix tasses et soucoupes à bord contourné, à fleurs émaillées en bleu avec rehauts d'or.

55 — Cabaret composé de : une théière, un pot à crème, un flacon à thé, un bol, une grande tasse avec présentoir, dix soucoupes, sept

tasses de forme arrondie et deux tasses à anse, décor de feuilles de lotus en rose avec rehaut d'or.

56 — Dix soucoupes et douze tasses à côtes et feuillages en relief, décorées en émaux de couleurs et variées de formes.

57 — Six tasses et huit soucoupes en porcelaine mince, décorées de paysages montagneux avec rivière et habitations en camaïeu à l'encre de Chine avec bordure rehaussée d'or.

58 — Quatre tasses de forme arrondie, trois tasses à anse et trois soucoupes, à décor de poissons en rouge de fer rehaussé d'or et à l'encre de Chine.

59 — Trois tasses à anse et quatre soucoupes, décor à lambrequins en émaux de la famille rose et fleurs en noir avec rehauts d'or.

60 — Cabaret composé de : une théière, un pot à crème, un flacon à thé, un bol, deux grandes soucoupes, douze autres, six tasses à anse et six tasses sans anse; décor de médaillons à sujets familiers en émaux de couleurs réservés sur fond bleu à fleurs arabesques.

61 — Six tasses et soucoupes à décor de canards et de plantes en émaux de couleurs et or.

62 — Un petit compotier et cinq tasses à anse, à décor mi-partie de rosace sur fond rosé et d'imbrications sur fond vert avec quatre médaillons de fleurs en émaux de la famille rose.

63 — Huit pièces : deux tasses à anse et soucoupes, décorées de chrysanthèmes et de bambous en émaux de la famille rose et en rouge de fer avec rehauts d'or, et deux tasses de même forme avec soucoupes à décor de pêchers en fleurs, en rouge de fer et or.

64 — Deux tasses et une soucoupe en porcelaine mince, décor de lambrequins en émaux de la famille rose et d'arbustes en noir et or.

65 — Sept pièces : deux tasses et une soucoupe en porcelaine mince, décorées de figures de musiciens dessinées à l'encre de Chine avec chairs teintées, et une tasse avec soucoupe, décorées d'une chrysanthème en or avec feuillage vert et bordure dorée, et une tasse avec soucoupe fond vert clair à médaillons de paysage.

66 — Quatre tasses et cinq soucoupes en porcelaine mince de la Chine, à décor très finement dessiné à l'encre de Chine et rehaussé d'or, représentant une réunion de personnages au bord de la mer.

67 — Sept pièces : deux tasses avec soucoupes en porcelaine craquelée, décorées d'attributs en couleurs; trois tasses et deux soucoupes fond vert d'eau à l'extérieur, décor de poissons et d'écrevisses en bleu à l'intérieur.

68 — Quatre pièces : deux tasses à anse avec soucoupes à bandeau d'arabesques émaillées blanc avec fleurs en rose ; deux tasses décorées d'un combat de coqs et de saules en rouge de fer et or.

69 — Huit soucoupes et quatre tasses en porcelaine mince, décorées de fleurs et de papillons en couleurs.

70 — Douze pièces : trois tasses et cinq soucoupes à décor de canards, poissons et fleurs en or, et une tasse avec soucoupe, décorées de chèvres en rouge et or, et une tasse avec soucoupe décorées de canards, poissons et écrevisses.

71 — Deux tasses et deux soucoupes, décorées d'un coq et d'une poule en noir et rouge.

72 — Huit pièces : tasse et soucoupe, décor rouge de fer genre Bérain ; deux tasses et quatre soucoupes en porcelaine mince blanche gaufrée sous émail.

73 — Cinq pièces en porcelaine mince à décor rouge et or : tasse mignonnette et deux soucoupes à branches de fleurs, et tasse avec soucoupe à fleurs de pêcher et roseaux.

74 — Trois tasses et trois soucoupes en porcelaine du Japon, de décors variés.

75 — Tasse et soucoupe à bord contourné en porcelaine mince, femme, enfant et volatiles en couleurs et or.

76 — Cinq soucoupes et quatre tasses en porcelaine mince, finement décorées en émaux de couleurs, femme assise, enfant et vases, bordure quadrillée à fond rose.

77 — Deux tasses et soucoupes à bord contourné, sujets familiers en émaux de la famille rose.

78 — Deux tasses et leurs soucoupes en porcelaine mince, représentant au centre deux femmes dessinées à l'encre de Chine dans un encadrement d'or, imbrications bleues et bordure rose.

79 — Trois soucoupes porcelaine mince : une avec sa tasse avec figure de femme sur un balcon à double bordure rose et vert clair quadrillée, la deuxième à ornements et chimères émaillés sur fond rouge et jaune, la troisième à fleurs et papillons au centre avec double bordure de fleurs et rehauts d'or.

80 — Deux soucoupes fond rouge rubis à décor symétrique de fleurs en noir et or, et émail bleu.

81 — Trois tasses forme arrondie et une soucoupe en porcelaine mince, décor en émaux de couleurs rehaussés d'or représentant deux femmes près d'une table, un enfant, un chat et trois vases.

82 — Deux tasses et leurs soucoupes, décorées extérieurement et intérieurement du dragon impérial en émaux de la famille rose.

83 — Six tasses et cinq soucoupes de deux modèles, émaillées en rose, avec banderoles et feuilles rehaussées d'or.

84 — Neuf tasses de forme arrondie et huit soucoupes de sept dessins différents, décorées de fleurs en émaux de la famille rose.

85 à 90 — Vingt-deux tasses de forme arrondie et soixante-deux soucoupes, décorées en émaux de la famille rose, de fleurs, d'arbustes, d'ornements et d'oiseaux, de dessins variés.

91 à 95 — Trente et une petites tasses forme conique et onze soucoupes, décorées de fleurs, d'oiseaux et d'ornements variés en émaux de la famille rose.

96-97 — Vingt-six pièces : huit tasses de cinq modèles et dix-sept soucoupes de huit modèles, décorées en émaux de la famille rose avec coqs, de dessins variés.

98 — Quatre soucoupes décorées de vases et de tables en émaux de la famille rose. Une autre à fond doré, avec compartiments émaillés à fond noir.

**

99 — Neuf soucoupes et douze tasses de décors variés en émaux de la famille rose, avec figures.

100 — Dix pièces : six tasses et quatre soucoupes en porcelaine mince, décorées en émaux de couleurs de la famille rose et or, de trois dessins différents.

101 — Treize tasses en porcelaine mince de dix décors variés en émaux de la famille rose.

102-103 — Dix tasses et dix soucoupes de huit décors variés émaillés.

104 — Huit tasses en porcelaine mince émaillée en couleurs, de sept décors différents à sujets de figures très finement dessinées.

105 — Cabaret composé d'une théière avec plateau, un pot à crème, un flacon à thé, quatre tasses et sept soucoupes en porcelaine mince émaillée, représentant quatre personnages, dont un monté sur un âne.

106 — Six pièces : deux tasses et deux soucoupes à bord contourné en porcelaine mince, déco-

rées d'arbustes en noir, rouge de fer et or rehaussé d'émail bleu, et deux soucoupes de deux grandeurs, décorées de poissons en rouge de fer et or.

107 à 110 — Dix-sept tasses, de onze dessins différents, en porcelaine mince finement décorée de figures, ornements, oiseaux et fleurs en émaux de couleurs, en noir et rehauts d'or.

111 — Six tasses à anse, de trois dessins différents, couvertes d'ornements quadrillés en émaux de la famille rose, avec rehauts d'or.

112 — Cabaret composé de deux théières, un pot, un plateau, un bol et quatre tasses à anse, décor paysage au bord de la mer, bordure à lambrequin rehaussé d'or sur fond quadrillé vert ; plus deux autres décorées de paysages en camaïeu d'encre de Chine avec bordure émaillée.

113 — Six tasses à anse, de cinq dessins, décorées en émaux de la famille rose à vases de fleurs et attributs.

114 — Six tasses à anse, de décors différents, en émaux de la famille rose à fleurs.

115 — Huit tasses à anse, de trois dessins, décorées en émaux de la famille rose, à fleurs, coqs et oiseaux.

116 — Cinq tasses à anse, décorées en émaux de la famille rose, dont trois à personnages et deux à vases et attributs.

117 — Sept tasses, de trois dessins, à fleurs émaillées.

118 — Huit tasses à anse, décorées d'armoiries diverses en émaux de couleurs.

119-120 — Vingt-neuf pièces : tasses et soucoupes, de cinq dessins différents, en porcelaine mince, décorées au trait.

121 à 129 — Environ cent vingt-quatre pièces : tasses et soucoupes et pièces de cabaret, en porcelaine mince de la Chine, décorées de sujets européens variés, tels que : le Jugement de Pâris, pastorales, décors genre Saxe, Diane et Apollon, Flore et Zéphyre, sujets Watteau, sujets religieux, portraits, etc., exécutés en couleurs et en grisaille.

130 à 139 — Environ cent vingt pièces : tasses et soucoupes, en porcelaine mince de l'Inde et de la Chine, décorées de sujets familiers, médaillons en camaïeu rose et rehauts d'or.

139 *bis.* — Cinquante-huit pièces de cabarets de décors variés et pouvant servir à compléter divers services de tasses désignés ci-dessus : trente-deux théières, dont six décorées de branchages en relief, neuf pots à crème, six vases à thé forme potiche, trois autres de forme carrée, quatre plateaux de théières de forme hexagonale, cinq plateaux de forme oblongue.

ASSIETTES

140 — Assiette à fond rouge carmin avec réserves à feuilles déroulées représentant un coq et des fleurs en émaux de couleurs.

141 — Deux petits plats décorés de lambrequins en émaux verts et de couleurs sur fond noir.

142 — Assiette émaillée en vert et rose sur fond noir avec réserves de feuilles déroulées décorées de fleurs.

143 — Trois assiettes à marli émaillé à fleurs en couleurs et vert sur fond noir, réserve au centre, décorée d'un coq et de fleurs.

144 — Assiette octogone de décor analogue avec chimère au centre.

145 — Quatre petits plats octogones, décorés en émaux de la famille verte et rouge de fer avec rehauts d'or; au centre, arbustes et oiseaux.

146 — Deux assiettes de décor analogue, l'une à quatre réserves au marli, poissons et sauterelles.

147 — Deux assiettes décorées en émaux de la famille verte, représentant deux femmes près d'une habitation, bordure quadrillée à réserves de papillons et de sauterelles.

148 — Deux compotiers décorés en émaux de la famille verte, d'oiseaux sacrés et fleurs avec rehauts d'or.

149 — Dix-huit assiettes décorées en émaux de couleurs rehaussés d'or; au centre, arbuste et fleurs dans une vasque.

150 — Quinze assiettes émaillées en couleurs; au centre, deux femmes dans un parc; marli vert à quatre réserves de paysages.

151 — Trois assiettes fond bleu rehaussé d'or; au centre, réserve carrée à paysage; au marli; quatre réserves de fleurs.

152 — Six assiettes décorées en émaux de couleurs; au centre, fleurs et canards dans un cercle d'arabesques; chute bleue à quatre réserves de poissons, fleurs au marli.

153 — Six assiettes décorées en émaux de la famille rose à fleurs, avec coq jaune et noir au centre.

154 — Six assiettes de décor analogue avec deux chevaux au centre.

155 — Onze assiettes décorées en émaux de la famille rose; au centre, paysage avec muraille; au marli, fleurs et quatre réserves sur fond caillouté.

156 — Vingt-quatre assiettes émaillées en couleurs;

au centre, vases de fleurs noir et or; au marli, quatre arbustes et fleurs.

157 — Dix-huit assiettes creuses, décorées en émaux de la famille rose; lambrequins et fleurs au marli; paysage avec deux figures au centre.

158 — Compotier à bordure ajourée, décoré en émaux de couleur, fond à quatre compartiments variés de nuances, avec figure au centre.

159 — Cinq assiettes, de trois dessins, décorées de médaillons et de fleurs en rouge et bleu rehaussé d'or, l'une avec deux femmes au parasol.

160 — Un petit plat et deux assiettes émaillées en vert clair; au centre, cinq figures et un kiosque de verdure; au marli, réserves de fleurs, de papillons et d'insectes.

161 — Deux compotiers en porcelaine mince, décorés en émaux de couleurs, fleurs de pêcher et chrysanthème sur fond caillouté.

162 — Petit compotier décoré en émaux de la

famille verte, décoré d'un vase de fleurs sur fond pointillé, bordure à fond noir.

163 à 167 — Sept assiettes de cinq décors variés en porcelaine mince, finement décorées de sujets familiers en émaux de couleurs.

168 à 173 — Vingt-cinq assiettes de vingt-trois dessins variés, à riche décor, en émaux de la famille rose, de sujets familiers, cavaliers et figures dans des paysages.

174 à 177 — Quinze assiettes de treize dessins variés représentant des sujets européens : Jugement de Pâris, highlanders, scènes galantes, marine, paysages et armoiries.

178 à 180 — Quatorze assiettes de six dessins en émaux de la famille rose, à paysages animés de figures.

181 à 183 — Vingt assiettes décorées en émaux de la famille rose de dix dessins variés à fleurs, oiseaux et coqs.

184 à 186 — Treize assiettes décorées en émaux de la famille rose de douze dessins variés à fleurs, vases et attributs.

187 à 189 — Assiettes de huit dessins variés à fleurs en émaux de la famille rose.

190 — Grande assiette en porcelaine mince avec médaillon à sujet familier, émaillé en couleurs dans un encadrement quadrillé noir; marli à réserves de fleurs émaillées bleu et autres à fond rouge et or rehaussé d'or.

191-192 — Trois assiettes octogones de deux décors variés, émaillées en couleurs à marlis divisés, avec compartiments quadrillés et à fleurs.

193 — Petit plat rond à bord festonné, décoré en émaux de la famille verte et rouge de fer avec rehauts d'or, oiseaux sacrés et fleurs.

194 — Compotier décoré d'arbustes, de chrysanthèmes et d'oiseaux en émaux de la famille verte et rouge de fer rehaussés d'or.

195 — Petit compotier à compartiments rayonnants, fond vert et blanc à fleurs, avec dragon impérial au centre sur fond jaune.

196-197 — Neuf assiettes en porcelaine de l'Inde, de

trois décors variés à sujets familiers en couleurs, avec réserves en camaïeu rose et rehauts d'or.

198 — Deux assiettes variées de dessins en porcelaine du Japon, décorées en rouge de fer rehaussé d'or.

199-200 — Douze assiettes en porcelaine de Chine et du Japon de décors variés.

VASES

201 — Vase forme rouleau à col évasé, décoré en émaux de couleurs, représentant une réunion de jeunes femmes faisant de la musique.

202 — Vase de même forme, représentant deux philosophes assis et jouant; près d'eux un cerf; sur le col, deux figures.

203 — Vase de même forme, représentant trois grandes figures en émaux de couleurs.

204 — Grand cornet à côtes de nuances variées en émaux de la famille rose ornées de qua-

drillages avec deux parties réservées en forme de feuilles, représentant chacune trois figures. Monture à socle et à gorge en bronze doré à branches de vigne.

205 — Deux grands cornets en ancienne porcelaine du Japon, décor bleu, rouge et or, à trois compartiments de fleurs, d'arbustes et d'oiseaux. Montures en bronze doré.

206 — Deux vases balustres carrés en ancienne porcelaine de Chine gros bleu à médaillons en relief rehaussés d'or. Ils sont montés en candélabres à trois lumières en bronze doré.

207 — Vase sphérique à couvercle capsule en ancienne porcelaine de Chine, fond bleu à fleurs en couleurs.

208 — Vase de forme ovoïde surbaissée en ancien céladon vert d'eau, gaufré sous émail.

209 — Deux potiches décorées en émaux de la famille verte, représentant la cour d'un souverain. Couvercles à figures d'enfants, plantes et rochers.

210 — Vase rouleau en ancienne porcelaine de Chine, décoré en émaux de la famille verte ; le corps du vase représente un cortège de cavaliers dans un site de rochers, avec bandeau à médaillons rosaces à la partie supérieure ; le col est orné de vases de fleurs sur des supports et des tables.

211 — Vase rouleau décoré en émaux de couleurs, offrant sur la panse une course de cavaliers, avec bandeau à réserves de dragons à la partie supérieure.

212 — Vase rouleau décoré en émaux de la famille verte, représentant la cour d'un souverain ; bandeau à réserves d'attributs et fleurs au col.

213 — Grand vase balustre à panse ovoïde, décoré de fleurs en émaux roses et jaunes sur fond vert avec bandes horizontales à flots, lambrequins et cartouches.

214 — Bouteille à panse sphérique fond jaune d'ocre, offrant trois chimères en émaux verts, bleus et violets.

215 — Paire de vases rouleaux en porcelaine de

Chine, décorés en couleurs et représentant trois figures de philosophes et des enfants près d'un palmier. Le col est orné de deux rangs de caractères de longévité séparés par une frise. Règne de Kien-long.

216 — Paire de potiches en ancienne porcelaine du Japon, décor bleu, rouge et or à chrysanthèmes et médaillons de paysages. Couvercles surmontés de chimères.

217 — Potiche à couvercle en vieux Chine de la famille verte à sujet de figures.

218 — Potiche de même porcelaine à figures de femmes et enfants dans un paysage.

219 — Potiche en porcelaine du Japon en bleu, rouge et or rehaussé de vert, à compartiments ornés de figures et de vautours.

220 — Vase carré en céladon turquoise à reliefs.

221 — Plateau carré en céladon vert d'eau à branches de fleurs en relief.

222 — Vase cylindrique fond blanc à grues sacrées en relief et nuages en bleu.

223 — Paire de vases balustres à panse sphérique à deux anses têtes d'éléphants, en porcelaine de Chine bleu empois avec bande craquelée et frise de grecques ; le col est orné d'un lambrequin détaché.

224 — Vase balustre à panse ovoïde en porcelaine de Chine imitant le bronze, à bandeaux de grecques et de caractères en relief.

225 — Vase en forme de courge en porcelaine de Kiotto ornée de feuillages et d'un cordon.

226 — Petite buire à fond lilas uni, avec deux branches de pêcher réservées en relief et en blanc sur la panse.

227 — Buire forme persane, décorée en émaux de la famille verte, fond caillouté à deux réserves à fleurs bordées de bleu.

228 — Petite théière oblongue à deux goulots, décorée de fleurs en émaux de la famille verte, avec anse imitant l'osier.

229 — Boîte à thé décorée en émaux de la famille verte, femme dans des rochers et fleurs sur les côtés. Couvercle en argent.

230 — Boîte à thé à angles coupés, décorée de vases, d'attributs et de fleurs en émaux de la famille verte.

231 — Une chocolatière en porcelaine de l'Inde, à quatre médaillons de paysages réservés sur fond doré.

232 — Chocolatière à manche droit de même porcelaine, à médaillons de figures sur fond quadrillé.

233 — Deux vases ovoïdes en poterie émaillée à fond vert, à dragons dans les flammes.

234 — Grand vase balustre à panse ovoïde et large col à deux anses en poterie émaillée, offrant sur la panse des Satzumas philosophes dans un site rocheux, et sur le col des ornements et des fleurs.

235 — Vase sphérique en porcelaine de Chine, décoré de nombreuses figures en couleur sur fond vert d'eau.

236 — Vase à couvercle formant brûle-parfums, en terre émaillée gros vert, avec rochers gravés et dorés.

237 — Petit vase balustre losangé, en ancienne porcelaine de Chine, décor bleu et rouge à réserves d'arbustes sur fond quadrillé.

238 — Petit brûle-parfums en terre brune vernissée supporté par trois figurines.

PLATS

239 — Grand et beau plat décoré en émaux de la famille rose. Au centre, larges fleurs; au marli, lambrequins de nuances alternées bleu clair et rose, à fleurs dans des réserves trilobées.

240 — Plat décoré en émaux de couleurs et d'arabesques vert et en rouge de fer avec rehauts d'or.

241 — Deux grands plats, décorés en bleu; au centre, vase de fleurs; marli à compartiments de cartouches, fruits et arabesques.

FAIENCES

242 — Vase à panse ovoïde en ancienne faïence de Castel-Durante, décoré d'un médaillon, buste d'homme et trophées.

243 — Deux cornets en ancienne faïence italienne à larges entrelacs en bleu vert et jaune avec bandeau horizontal à mi-corps.

BRONZES DE L'ORIENT

244 — Deux flambeaux en bronze du Japon supportés par une chimère.

245 — Deux vases balustres en bronze du Japon supportés par des éléphants.

246 — Vase à panse ovoïde et large col à deux anses, dragons et lambrequins de cordages.

247 — Brasero à trois pieds en bronze du Japon, garni de deux anses dragons, avec couvercle repercé à jour surmonté d'une chimère.

248 — Deux cornets en bronze du Japon tacheté.

249 — Brasero en forme de fruit en ancien bronze de Chine.

250 — Brasero de forme lenticulaire surbaissée, en bronze à ornements en relief et à couvercle ajouré.

251 — Deux figurines de femmes assises, en bronze du Japon.

252 — Petit brûle-parfums en bronze du Japon à deux anses branches de fleurs.

253 — Boîte ronde à couvercle en bronze gravé, découpé à jour et appliqué sur un double fond doré.

254 — Petit brûle-parfums à couvercle en ancien émail cloisonné de la Chine, avec monture en bronze.

255 — Deux flambeaux vénitiens en bronze ciselé à entrelacs et arabesques, à large base et binet trilobé.

MEUBLES

256 — Petit bureau Louis XIII surmonté d'un casier bas en bois marqueté à fleurs et incrusté d'ivoire et d'ornements en étain. Il est supporté par huit pieds carrés à chapiteaux dorés et reliés par des entrejambes.

257 — Baromètre et thermomètre du temps de Louis XIV, en ébène marqueté et à moulures de cuivre.

258 — Deux chaises portugaises pliantes en bois sculpté.

259 — Grand encrier en marqueterie de cuivre sur écaille, orné d'écussons fleurdelisés et portant un certain nombre de noms de médecins célèbres du XVIIe siècle gravés.

RED. :

15

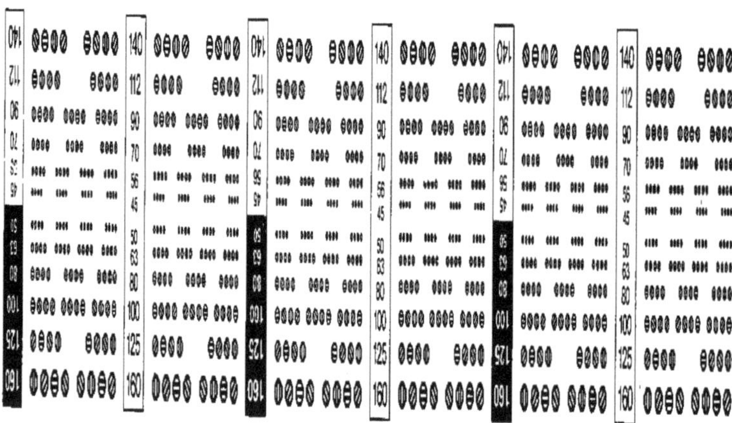

0 1 2 3 4 5 6 7 8 9 10

www.ingramcontent.com/pod-product-compliance
Ingram Content Group UK Ltd.
Pitfield, Milton Keynes, MK11 3LW, UK
UKHW021959260726
13994UKWH00004B/1853

9 782329 333892